Marlin Gerken · Der weiße Poet

Der Autor Marlin Gerken wurde im Jahr 2000 in Deutschland geboren, lebte aber in seiner Kindheit sieben Jahre lang in Portugal. Die Zeit bis zur mittleren Reife verbrachte er wieder in Deutschland, doch zog er schon im Alter von 17 Jahren von zu Hause aus, um seinen Schulabschluss in Österreich zu erlangen. Dort begann er anschließend sein Studium und wechselte 2020 vom Studiengang Kunstgeschichte zu Soziologie. Schon früh zeigte er Interesse und viel Hingabe für Zeichnen und Malen und bald auch für das Schreiben fantastischer Geschichten. Mit *Der weiße Poet* wagt er seine erste Veröffentlichung.

Marlin Gerken

Der weiße Poet
Eine absurdistische Studie

Bibliografische Information der Deutschen Nationalbibliothek:
Die Deutsche Nationalbibliothek verzeichnet diese Publikation in
der Deutschen Nationalbibliografie; detaillierte bibliografische
Daten sind im Internet über dnb.d-nb.de abrufbar.

TWENTYSIX – Der Self-Publishing-Verlag
Eine Kooperation zwischen der Verlagsgruppe Random House
und BoD – Books on Demand

© 2020 Gerken, Marlin

Herstellung und Verlag:
BoD – Books on Demand, Norderstedt

ISBN: 978-3-7407-6544-6

I.

Über einen einfachen Holztisch gebeugt, den Kopf in die Linke gestützt, mit der Rechten einen abgenutzten Bleistift haltend, las Yksin in einem gewaltigen Kompendium. Daneben lagen weitere Lexika, ein Block, vollgekritzelt mit bilderlosen Figuren und eine Tasse, deren Inhalt, weil schon lange nicht angerührt, bereits abgekühlt und abgestanden zwischen dem Porzellan dahinverweste. Doch er las nicht, nein, er starrte durch das bedruckte Papier hindurch in die unheimliche Finsternis seiner Gedankenwelten. Unkontrolliert schwenkte sein Sichtfeld von einem weiß-kalt beschienenen Fleckchen Elend zum anderen, da waren graue Körper, die tot gestapelt zwischen schwarzem Gestein lagen; ein Weg gesäumt von den Überresten in einem Sumpf verrotteter Baumstämme. Spitz ragten letzte verschlammte Holzstücke dem Wandernden entgegen; der junge Mann wandelte auf dem Pfad, wich vor drohenden Stacheln zurück, die aus dem Nebel stachen, von denen pechgleiche Flüssigkeit tropfte und sah bald dort vorne ein Licht. Zügellos war der Wille, mehr zu sehen, tiefer vorzudringen, in die unerforschten Welten, die da geradezu ungreifbar direkt vor ihm lagen. Es schüttelte ihn ruckartig, sodass er wohl endlich zu seinem Werke zurückkehren würde, welches es galt, bis zur vorgesetzten Frist zu vollenden. Aber dieses war so nichtig und unwichtig, er sah keinen großen Sinn darin, deshalb wollte er lieber hastig in die Ferne, wo es noch so einiges zu erforschen gab. Das war sein Sinn, das wollte er sehen, ohne weiter warten zu müssen, denn das Warten war es, was ihm seinen Wahnsinn bereitete.

Da musste er lächeln, gerne wäre er in lautes, haltloses Gelächter ausgebrochen, bei dem Anblick dieses Schauspiels, das ihm nun dargeboten wurde: Wie sie alle hinter einem

Gespinst herliefen. Er sah sie die Arme danach ausstrecken, wie die Gesichter sich zu denen von Toten verzogen, röchelnd aber vergebens strebend nach dem Glück, und doch hielt keiner Inne.

Wie einen Tresor voller Schätze, die er nicht wollte, klappte er das fette ungelesene Buch zu. Er stapelte den Turm aus Papier neben sich auf, verstaute seine Materialien und blieb vor einer freien Fläche sitzen, die da lag, wie eine sandige, sonnige Bucht zwischen hohen, steilen, schwarzen Felsen. Sein Blick wanderte jetzt aus dem Fenster, als würde er dem Horizont entgegen spähen. Warmes Licht schickte ihm die einzige Straßenlaterne weit und breit entgegen, als er sie, wie er es bereits die vergangenen Tage gepflegt hatte, grüßte. Ringsherum war es dunkel, nur ein Spinner flatterte golden beschienen um das Licht, so göttlich in der Nacht. Ein Riss im Glas der scheinwerfenden Lichtquelle reflektierte seltsam das Glühen, dorthin zog es den kleinen Schmetterling, durch ein rundes Loch hindurch in den hell erstrahlten Raum. So viel Helligkeit, direkt dort vorn die Quelle allen Lebens. Er schwirrte darauf zu, freudig und unbehelligt auf, auf in das ewige Leben! Ein Zittern und Zucken, ein Blinzeln – und das Leben erlosch knisternd in der Nacht. Ein Funken flog in die Finsternis, da war nichts mehr, die Lampe war tot.

Der junge Mann schüttelte den Kopf, wandte seinen Blick vom Fenster ab, das jetzt als schwarze, stille Kerbe seine Wand zierte. Berührt von der Lächerlichkeit entwich ihm ein leiser, verächtlicher Atemstoß.

Es war nur eine Frage der Zeit gewesen, dass es ihm so wie jetzt wieder in den Kopf kam: Er hatte an diesem Tag wieder allein den Weg, für den ein jeder 24 Stunden benötigte, angetreten und würde ihn auch allein beenden.

„Nicht weinen, mein Kleiner", entwich es ihm, „ach verdammt!", er hatte es wieder getan. Die Stimme zu erheben, wenn er allein war, berührte ihn ein jedes Mal aufs Neue mit Peinlichkeit. Wenn dabei seine Stimme immerhin eine gewisse Festigkeit gehabt hätte, aber im Gegenteil, sie musste sich so weich verformen, als wolle sie ihn dabei tröstend streicheln. Er umklammerte seinen Schädel. Dergleichen brauchte er nicht, er schüttelte seinen Kopf, als könnten aus demselben so die reizenden Gedanken herausfallen, wie Geldstücke aus einem prall gefüllten Sparschwein.

Schon seit geraumer Zeit folgte er jetzt einem anderen Rhythmus, doch er konnte sich nicht daran gewöhnen, in Stille zu frühstücken, keine Stimme zu hören, die das belangloseste Gerede vor sich hin schnatterte, wie eine Stockente auf ihrem Teich. Nie hatte ihn der Inhalt des Gesagten interessiert, die Stille jedoch war ihm noch weniger lieb als das Gefasel seiner Familie.

Es war bestimmt schon vor Ewigkeiten gewesen, als er die Eingangshalle des großen majestätischen Altbaus betreten hatte, mit dem Gedanken, dass er von nun an für die nächsten Jahre täglich durch diese Pforten treten würde. Es war vor Urzeiten ein Same in sein Bewusstsein gesetzt worden, der in ihm gewachsen war, sich tief verwurzelt hatte und ihm sagte, dies würde der richtige Weg sein. Doch die letzten Jahre hatten begonnen, die Wurzeln auszutrocknen, Skepsis zu sähen und andere Möglichkeiten abzuwägen. Ein freier Geist findet sich schwer in einem Gefängnis zurecht. Geleitet von einem System, reihten sich die jungen Menschen, die glaubten, so aus ihrem Leben etwas machen zu können, in die Reihen ein. Tief verankert war der Glaube, zu lange schon saßen die Menschen in ihrer Höhle und wehrten sich, die Schatten an der Wand zu hinterfragen. Ein Spiel, das sich bis in die Unendlichkeit fortführte.

„Ach, hör auf", zischte er, griff sich an die Stirn, biss die Zähne zusammen, kniff die Augen zu, schüttelte den Kopf. Gedanken – welch ein riskantes Unterfangen.

Lichter aus, Vorhänge zu, Taten der Reinlichkeit vollbracht, unter die Bettdecke und an die Zimmerdecke starren. Je länger er starrte, desto scheinbar heller wurde es wieder im Raum – keine gute Voraussetzung für Schlaf. Er wusste, er würde innerhalb der nächsten Stunde nicht einschlafen, also suchte er sich etwas, worin er verschwinden konnte.

Er fiel aus dem Schwarzen direkt auf eine grüne Wiese, das Gras so frisch, die Blumen insektenanlockend. Er rappelte sich auf, lief durch die Wiese, fand einen ausgetretenen Trampelpfad, dem er folgen wollte. Vor ihm tauchte ein Wald auf, doch der Weg führte ihn nach links an eine Brücke aus alten, grauen Steinen, bewuchert von Flechten, die einen kleinen Bachlauf überspannte. Er hörte das freundliche Gluckern des Baches und bevor er seinen Weg fortsetzte, wollte er diese Gegebenheiten genießen. Er kletterte auf das breite Steingeländer und ließ die Beine herunterbaumeln. Unter ihm floss das Wasser klar und glänzend über Steine, Sand und Algen, wurde dunkler. Er zog den Kopf etwas zurück, er wollte nicht von der Brücke fallen, schaute nach links, wohin der Weg ihn wohl führen würde. Es war ein Weg zwischen zwei Wäldchen hindurch, Insekten schwirrten, Vögel zwitscherten, Laub säuselte. Zurück zum Wasser zog es seine Augen. So dunkel war es vorher nicht gewesen. Der Boden entfernte sich zuerst langsam, dann immer schneller. Wurde das Wasser tiefer? Er blinzelte, kniff die Augen zusammen. Da war es verschwunden das Bächlein, der Boden brach in die Tiefe, das Wasser stürzte hinweg in die Dunkelheit. Aus dem Bach war eine Schlucht geworden, tiefer als er sehen konnte. Das Gleichgewicht verließ ihn, auch er stürzte hinab in die Tiefe.

War er eingeschlafen? Fast, aber nein, jetzt war er wieder bei sich. Schnell wieder hinab in die Schlucht. Wo war er gewesen?

Er fand sich zwischen schwarzen, glitschigen Felsen, kalt und hart. Er saß auf dem Felsenboden, schlang jetzt die Arme um seine Beine, zitterte. Ein Lagerfeuer wäre jetzt etwas Feines. Zwischen den Felsen fand er etwas Holz, dass sich bald zu einem Feuer zusammenbauen ließ. Sein Mitreisender setzte sich dazu, holte seine Freunde, die sich auch auf Felle, die sie mitgebracht hatten, hinsetzten. Yksin bekam auch eines und konnte sich ein wenig entspannen. Das Fell war weich, das Feuer warm, die Stimmen der anderen beruhigend.

Er zuckte aus dem Schlaf herauf. Die anderen waren verschwunden, das Feuer niedergebrannt. Er sprang auf, rutschte fast auf dem nassen Felsen aus. Zu zwei Seiten öffnete sich die Schlucht, die Wände waren schwarz und kantig, überall tropfte das Wasser herunter. Irgendwo dort oben, wo der Himmel sein musste, war ein kleiner, heller Streifen, der wohl die obere Kante war. Nach links und rechts erstreckte sich die Schlucht bis in alle Ewigkeit.

„Hallo?", sein Echo verstummte bald. Er war allein. Da zwang ihn der kalte Luftzug, der durch die Klamm zog, wieder in die Knie. Er kehrte zurück auf sein Fell, das nun durchnässt und kalt dalag, legte sich darauf und wurde eins mit der harten, kalten Finsternis.

II.

Der Wagen kam zum Stehen, Yksin bezahlte, stieg aus, nahm seine Taschen von der Rückbank, schlug die Autotür zu. Das Taxi entfernte sich schnell. Endlich stand er vor der Einfahrt, die geschwungen, gesäumt von Sträuchern und Bäumen, zu seinem Elternhaus hinaufführte, das hinter weiterem Grün auf einer kleinen Anhöhe thronte und heimatlich und warm von der Sonne angestrahlt den Gast beäugte. Ein paar Minuten stand er einfach nur so da und schaute. Der Rasen war gemäht, die Stockrosen blühten in voller Pracht. Noch nie hatte er das Anwesen so wahrgenommen, wie in diesem Moment: Obwohl es ihm von seiner Form her bekannt war, fühlte er sich fremd. Er erinnerte sich an eine Vielzahl von Geschehnissen aus seiner Kindheit, als die Welt aus kaum anderem als diesem Ort bestanden hatte. Das war nun anders. Er hatte andere Orte gesehen, dieses Anwesen war nur noch eines von vielen und das einzige, das es noch von der Masse abhob, waren diese Erinnerungen. Lachend rannten er und seine Freunde aus der Schule, bewaffnet mit Stöcken, umher, einem Kampf hinterherlaufend, den es nicht gab. Ein Leben geleitet von Fantasie. Wo war die Kindheit geblieben?

Das Stillleben vor ihm begann sich zu rühren, als er auf dem Platz vor dem Haus eine Gestalt entlanglaufen sah. Sie blieb stehen und schaute in seine Richtung. Es musste sich ebenfalls um einen jungen Mann handeln. Ob er ihn kannte, konnte er nicht sagen. Yksins Nackenhaare stellten sich aber auf, als er spürte, wie der Mann ihm direkt ins Gesicht schaute. Im nächsten Augenblick drehte dieser den Kopf wieder nach vorn und sprang leichtfüßig, aber hastig, über den Platz, den man von der Straße aus nur erahnen konnte. Yksin hatte gerade die

Hand heben wollen, doch als er sah, wie die Person schnell davonsprang und hinter einem Gebüsch auf der linken Seite des Hauses verschwand, ließ er verwundert den Arm sinken.

Während er noch die asphaltierte Auffahrt heraufging, musterte er die Eiben, die üppig links und rechts wuchsen und ihm kurz die Sicht auf das Haus verwehrten. Er stellte fest, dass sich hinter der Biegung Schritte schnell näherten. Verkrampft wurde er langsamer, in der Erwartung, die unbekannte Person, die er eben beobachtet hatte, anzutreffen. Ein grauer Sakko und schwarze Schuhe wurden als erstes sichtbar, dann das lächelnde Gesicht von seinem Vater, der nun zur Begrüßung die Arme ausbreitete. Von dem jungen Mann in weiß war nirgends etwas zu sehen und erleichtert ging er seinem Vater entgegen. Dieser umarmte ihn warm, Yksin konnte dies aber nicht erwidern, da er in beiden Händen Taschen trug und so blieb er einfach nur stehen und genoss die Umarmung. Warum er nicht daran dachte, die Taschen abzustellen, war ihm auch später unklar.

Beim Betreten des Hauses hielt sein Vater ihm die schwere Holztür auf und Yksin trat über die Schwelle in den Hausflur, wo er auf den Stufen der Treppe einen kleinen Jungen sitzen sah. Den Kopf in die Hände gestützt konnte man sein Gesicht nicht erkennen, nur die zu einer Topfrisur geschnittenen Haare, die aber wie seine ganze Erscheinung mehr grau als real wirkten. Auf seinen Knien lag ein aufgeschlagenes Buch, in dem er gelesen haben musste, doch er hatte die Tür aufgehen hören, legte es neben sich auf die Stufen und hob langsam den Kopf. Yksin sah seinem eigenen Gesicht entgegen, sah in vom Warten traurig und zugleich emotionslose Augen.

Sein Vater zwängte sich an ihm vorbei in den Hausflur, warf ihm einen fragenden Blick zu und zog die Schuhe aus. Yksin erlöste sich von seiner Erinnerung und ging nun auch ins Innere des Hauses, stellte sein Gepäck ab und wurde ebenfalls seine Schuhe los.

Es war ungewohnt, wieder zu Hause zu sein. Das bekannte Heim, was es einmal gewesen war, war es plötzlich nicht mehr. Mit Bedacht schritt Yksin durch die Flure und Zimmer, untersuchte alles, blieb vor an den Wänden hängenden Malereien stehen, als hätte er sie noch nie zuvor gesehen. Seine Mutter würde erst am Abend nach Hause kommen, sein Stiefbruder am nächsten Tag. So hatte Yksin genug Zeit, sich umzuschauen, sein Zimmer zu beziehen und zu sehen, wie sein Vater in seinem Arbeitszimmer verschwand, nachdem sie gemeinsam einen Kaffee getrunken hatten. Jedoch war dies eher sporadisch gewesen, weniger ausführlich und nur für eine kurze Unterhaltung gut. Später begab sich Yksin unter die Dusche, wusch sich den Schweiß der Reise vom Leib und ruhte sich in seinem Zimmer aus. Alles war wie früher. Für die nächsten Tage war geplant, die Großeltern zu besuchen und alte Freunde wiederzusehen. Bei diesem Gedanken kam wohl oder übel das Gesicht eines Mädchens ans Licht, das er vor längerer Zeit verehrt hatte. Er spürte, dass er sie besuchen wollte, doch es machte sich in ihm ein ungutes Gefühl breit, das ihn daran zweifeln ließ, ob dies eine gute Idee sei. Wie viele Briefe lagen in seiner Wohnung, die das traurige Schicksal hatten, nie abgeschickt worden zu sein?

Das alte Rad setzte sich wieder in Bewegung. Gemeinsame Mahlzeiten voller sehr wichtiger Gespräche, die in ein Ohr eintraten, in ein Abwasserrohr flossen, etwas von ihrer Essenz an den Wänden haften ließen, nur um dann rasch auf der anderen Seite wieder herauszufließen. Ein Wasserfall, der, so wie er sich früher als Kind immer das Meer vorgestellt hatte, das am Horizont irgendwo in die Lehre fiel, sich als Nebel verdünnisierte und verschwand. So saß er träumend am Esstisch, Gesprächen zuhörend, die meiste Zeit die Arbeit, die Gesellschaft oder ähnliches betreffend, die sich in seinem Kopf abstrahierten und zu solchen Bildern führten.

Dann verlangte man nach Berichten, nach Erzählungen, nach Geschichten, Erlebnissen, die es galt, zum Besten zu geben, doch Yksin schaute von seinem Teller auf, kaute, schluckte herunter, versuchte unsicher einen Satz zu formen, der möglichst schnell ausreichend Information vermitteln würde, um die interessierten Zuhörer zufrieden zu stellen. Was konnte er Preis geben, was galt es besser zu verschweigen, weil nicht geeignet und entsetzte Gesichter herbeizaubernd?

„Ja..., es läuft gut. Die Uni ist toll, mir gefällt es dort." Was eine erbärmliche Antwort. Er konnte es seinen Eltern nicht verübeln, dass sie daraufhin einen noch größeren Ansturm von Fragen auf ihn losließen.

Wie waren die Freunde, die Noten, versorgte er sich hinreichend mit Nahrung, Zukunftsplanung, eventuell eine Freundin? Er konnte sich nicht vorstellen, wie es ein Wesen vermochte, diesen Fragen Stand zu halten oder gar Antworten bereitzuhaben, die so ansehnlich wären, dass die Eltern sie Bekannten erzählen könnten: „Ja, also unser Sohn studiert jetzt...", er wollte sich nicht überlegen, wie dieser Satz weitergehen könnte.

Sein Stiefbruder, der am nächsten Tag ankam, war genau das, was Eltern brauchten. Voller Leben und Erfolgen beschritt dieser selbstständig seinen Alltag und war dennoch genügsam, erduldete alle Strapazen. Yksin mochte ihn natürlich, so wie jeder es tat, er gönnte es ihm, auch wenn er er selbst nicht vermochte, ihm ähnlich zu werden.

Irgendwann hatte er aufgegessen, es hatte gut geschmeckt, hatte in ihm aber auch den Willen, wieder sein Zimmer aufzusuchen, geweckt. Dem ging er auch umgehend nach, wünschte eine gute Nacht, verschwand irgendwo zwischen Musik, gedruckten Zeilen und Träumereien.

Am nächsten Tag beobachtete Yksin kleine Bars am Straßenrand, vor denen an Tischchen, nach ihm Blicke werfende, vor dem Sarg flüchtende Gestalten hockten und ihn im Vorüberfahren beäugten. Ihre Köpfe drehten sich wie die von Puppen, mit an dem vorüberfahrenden Auto angehefteten Blicken. Die letzten schmerzvollen Lebensjahre ertranken in

Kaffee und Alkohol, verschwammen in Zigarettenrauch. So lange arbeiteten diese Menschen, nur um endlich die Arbeit niederzulegen und auch den kleinen Rest der Zeit ersticken zu lassen, Der ihnen noch verblieb. Ein Moment, in dem zu viele Träume sich mit zu vielen Erinnerungen vermischten, sich formten zu einer dunklen Lawine und die meisten niederschmetterten.

Irgendwann hielt der Wagen, es wurde eingeparkt, man stieg aus. Yksin sah sich um, warf einen Blick zu dem Haus seiner Großeltern, schaute auf die andere Straßenseite. Zwischen den Blüten weißer, violetter, gelber Blumen bewegte sich, auf einen Stock gestützt, eine alte, verwelkte Blüte, blass, kaum noch die Blütenblätter haltend und bewunderte die Kraft der lebenden Pflanzen. Sie hob den Kopf, blieb stehen, sah herüber. Yksin glaubte zuerst, sie würde ihm zunicken, aber nein, es war eine Bewegung ihres Kopfes, die sie nicht mehr zu kontrollieren vermochte. Er fragte sich, ob sie es wahrnahm, ob sie wohl bei sich flehte, es möge aufhören.

Unmittelbar neben diesem Garten fand er einen Spielplatz. Am Eingang stand ein Schild mit der großen Aufschrift einer Altersbegrenzung. Ein kleines Kind rannte durch den Rindenmulch, fiel, stand wieder auf, weinte, hörte auf zu weinen.

Die anderen waren bereits beim Gartentor angelangt und Yksin schloss sich unverzüglich an. Die Tür zum Haus der Großeltern stand einen Spalt offen, seine Großmutter streckte nun den Kopf heraus und winkte. Es folgte ein Besuch, wie er ihn gewohnt war. Es gab viel Kaffee und Kuchen, oberflächliche Gespräche und es war von absoluter Notwendigkeit, dass man sich an andere Zeiten erinnerte. An Zeiten, in denen er nicht gelebt hatte, aber ja, so war das früher, bemerkte Yksins Großvater. Dann setzte die Großmutter mit in den Kanon ein und packte eine Geschichte aus, die jeder am Tisch noch kaum mehr als zehn Mal gehört hatte. Jedoch kam bei jedem Male ein neuer, kleiner Baustein hinzu, der vorher nicht aufgefallen war, oder es wurde einer ausgelassen und an anderer Stelle etwas hinzugefügt. Dann galt es auf irgendeine, eigentlich nur, um Peinlichkeit in der Stille zu vermeiden, Abrundung der Unterhaltung zu stoßen, indem ein Bogen gespannt wurde, was denn jetzt anstünde. Und es war ja so viel los, es gab so viel zu erledigen, deshalb war es leider nicht möglich, noch bis zum Abendessen zu bleiben, wirklich eine sehr schmerzliche Begebenheit, die keiner vorausgesehen hatte.

Auf der Fahrt nach Hause saß Yksin wieder am Fenster und ließ die Welt an sich vorbeischweifen. Er dachte noch einmal an den Besuch bei den Großeltern. Vor Kaffee und Kuchen hatte es allerlei zu bestaunen gegeben. Nicht, dass wirklich etwas Neues oder Erstaunliches hinzugekommen wäre, aber das Haus so alter Menschen wirkte beeindruckend auf den jungen Mann, das hatte es schon immer. Er hatte einmal mehr die Handarbeiten seiner Großeltern bewundern dürfen, die Stickereien seiner Großmutter und die hölzernen Zeugnisse des Geschicks seines Großvaters, der unendlich viele Uhren in seinem Leben geschnitzt und gebaut hatte. Die Werkstatt war für den Laien nur ein riesiger Haufen Holz und Werkzeug, doch die Flure im Haus boten eine Ausstellung der schönsten Uhren, die er je in seinem langen Leben gefertigt hatte. Links und rechts hingen in dem dunklen Flur, der nur durch eine viel zu alte Deckenleuchte sich zu erhellen versuchte, die Uhren in allen Größen und Formen und traten zusammen als Chor tickender und klackender Geräusche auf. Die Uhren sahen aus wie der Versuch, die Zeit festzuhalten, doch das gegenteilige Ergebnis war die Realität.

III.

Es war späterer Vormittag an einer Straßenbahnhaltestelle, irgendwo in einem äußeren Stadtviertel. Der Himmel etwas verhangen, hin und wieder vereinzelte Sonnenstrahlen, die herumspazierende Passanten erblickten, oder auf öffentliche Verkehrsmittel wartende Menschen für kurze Augenblicke aufwärmten. Am Straßenrand große Eichen, deren Laub nur kaum von Wind aufgeweckt wurde, unter den kräftigen, alten Bäumen vereinzelte Hunde, ausgeführt von ihren Herrchen. Autos, Busse und andere Fahrzeuge folgten den Linien auf dem Asphalt. Auf der anderen Straßenseite kaum beachtenswerte Wohnhäuser. Einer der wartenden Menschen wurde von Yksin als sein Freund Mick enttarnt, obwohl dieser ihm den Rücken zudrehte. Yksin trat über die Ampel an den anderen jungen Mann heran, der einen dunklen Trenchcoat und eine lässige Hose trug, in deren Taschen er seine Hände versenkt hatte.

„Hey Mick." Während er ihm noch auf die Schulter tippte, drehte sich Mick schon um und die beiden Freunde standen sich seit langer Zeit wieder gegenüber. Er sah sich in diesem Moment im Körper eines Zugvogels, der über Monate hinweg fort gewesen und jetzt endlich zurückgekehrt war, um etwas altes bekanntes wieder zu erblicken. Die beiden begrüßten sich mit einem etwas unangenehmen Händegeben, nachdem Yksin zuerst gedacht hatte, sie würden sich vielleicht umarmen, sie hatten sich schließlich eine gefühlte Ewigkeit nicht mehr gesehen. So ganz erwiderte Mick diese Stimmung allerdings nicht, mit seiner kurzen und irgendwie wenig beeindruckt wirkenden Antwort: „Servus, was geht?"

Yksin war sich nicht ganz schlüssig, was er nun sagen sollte. Er hatte mit etwas mehr Überraschung und Euphorie von

Micks Seite gerechnet. Vermutlich lag es daran, dass die beiden sich verändert hatten. Mick hatte bestimmt viele neue Freunde gefunden. Ersatz für einen verschollenen.

„Mir geht es gut, ja, ich komm' klar und habe mich gut eingelebt", fiel es jetzt aus Yksin heraus, um nicht in zu vielen unnötigen Gedanken zu verenden, die ihm womöglich schon bald ins Gesicht geschrieben stehen würden, wenn er sich nicht fassen können würde. Mick musterte ihn kurz etwas misstrauisch und bevor er noch etwas Antworten konnte, unterbrach Yksin die Stille des stummen Platzhalters, der drohte, die Konversation in eine unangenehme Richtung zu treiben: „Und, wie geht's dir? Was machst du so?"

Die beiden setzten sich nun in Bewegung, um zu der nahegelegenen Straßenbahnhaltestelle zu schlendern, während Mick in Yksins Vorstellung jetzt von den vergangenen Monaten geplaudert hätte, wie es ihm an der Universität ergangen war, ob er neue Leute kennengelernt hatte und so weiter. Die wahrhaftige Antwort sah allerdings anders aus: „Es geht mir gut. Ich wollte heute Morgen einen Film schauen, aber dann hat mein Hund vor mir auf den Teppich gekackt", Mick verzog das Gesicht zu einem ernüchterten Ausdruck, „dann habe ich doch keinen Film geschaut", er schaute kurz resigniert zu Yksin herüber und seufzte sarkastisch.

Dieser lachte vorsichtig, war aber dennoch etwas verwundert über diese Antwort. Das war das erste, was Mick ihm erzählen wollte, nachdem sie sich so lange nicht gesehen hatten? Er beschloss, nicht locker zu lassen.

„Wie geht es dir denn in der Uni so? Hast du viel zu tun?", erwartungsvoll harrte er auf die Antwort aus.

„Naja, es ist eigentlich so wie immer. Meinst du etwas bestimmtes?"

„Ich dachte, wir könnten uns einfach ein bisschen über unsere Unis austauschen, oder so."

Die seltsame Grundstimmung, die vorgeherrscht hatte, seit sie sich getroffen hatten, wurde jetzt immer stärker spürbar. Irgendetwas stimmte nicht.

„Nur weil wir an unterschiedlichen Fakultäten sind, heißt das nicht, dass wir auf unterschiedlichen Unis sind", Mick lachte und blieb fragend zu Yksin schauend stehen. Dann fuhr er fort: „Was ist heute los? Gestern hängen wir noch zusammen ab und jetzt redest du, als hätten wir uns Jahre lang nicht gesehen. Ist alles in Ordnung?", in seiner Stimme schwang Verwirrung mit.

„Was?", war das einzige, was Yksin in dem Moment herausbrachte.

„Du tust so, als wärst du von einem anderen Planeten, oder so. Ist das eins deiner Experimente?", grinste Mick. Er war plötzlich so weit weg, verunsichert, ein anderer. Yksin verstand nicht mehr, was hier vor sich ging.

„Mick, wovon redest du da? Wir haben uns ein halbes Jahr nicht gesehen und wir haben schon gar nicht gestern zusammen abgehangen. Gestern war ich bei meinen Großeltern!"

„Junge, du warst gestern bei mir. Ich weiß, du hast einen schlechten Humor, aber jetzt sei mal bitte ernst", Mick rollte mit den Augen.

„Ich bin vor einem halben Jahr wegen des Studiums umgezogen und wohne jetzt allein. Ich war seitdem nicht mehr hier!", rief Yksin aufgeregt.

Mick stockte, „und", er gestikulierte eifrig, seine Stimme überschlug sich, „was? Wie? Frag meine Mum, sie hat dich gestern auch gesehen!"

Auch Yksin war jetzt sprachlos und brachte nichts weiter als ein zusammenhangloses „ich..." heraus.

Mick konnte indes nicht mehr anders, als sich lachend zu weigern, das Passierende zu glauben: „Oh man, dein Humor ist einfach grausam. Komm, wir gehen."

Er ging los, sich umschauend nach der Straßenbahn, die gerade hinter einer Kurve hervorgerollt kam und auf die Haltestelle zuhielt. Yksin lief seinem Freund hinterher und packte ihn am Arm.

„Hör auf zu lachen, das ist kein Witz!"

Langsam drehte sich Mick um, die Straßenbahn fuhr an ihm vorbei.

„Was du mir sagen willst", die Straßenbahn hielt weiter vorn an, „ist, dass es jetzt zwei Yksins gibt?", er starrte Yksin an, als wäre er ein Alien.

„Nein, das ist das, was du mir gerade sagen willst! Ich weiß doch, was ich gemacht habe. Ich habe keinen Zwilling. Zumindest nicht, dass ich es wüsste." – Nach einer kurzen Pause fügte er hinzu: „Und außerdem würde der nicht auch meinen Namen haben!"

Die Straßenbahn fuhr ab.

„Und mit wem war ich deiner Meinung nach dann das letzte halbe Jahr befreundet?"

„Ich weiß es nicht."

Die Konversation war an einem Punkt der beidseitigen Sprachlosigkeit angelangt. Jeder Versuch, zu verstehen, was vorgefallen war, scheiterte. Da die Straßenbahn schon abgefahren war, fiel die Fahrt in die Stadt aus. Nach ein paar Minuten wollte Mick das Schweigen nicht mehr ertragen.

„Tut mir leid man, ich kann das gerade nicht. Wir sehen uns." Er klopfte seinem Freund abwesend auf die Schulter, wagte es kaum noch, ihm in die Augen zu sehen und ging dann schnellen Schrittes davon.

Yksin folgte ihm nicht, er verstand genauso wenig, was geschehen war und hatte nichts dagegen, mit diesem Ereignis, das nun auch sein Gehirn zu zerbrechen drohte, erst einmal allein zu sein.

Als bereits die nächste Straßenbahn angefahren kam, die einem großen Tausendfüßler, der die Straße herunterkrabbelte glich, wurde ihm klar, dass er schon einige Minuten in Gedanken versunken einfach nur so herumgestanden hatte. Warum hatte Mick gesagt, dass sie am Vortag zusammen gelernt hatten? Das erhoffte Wiedersehen war innerhalb kürzester Zeit, anstatt einiger Stunden, vorüber. Die Hoffnung, so wie früher gemeinsam durch die Straßen zu ziehen, herumalbernd und lachend, war zerbrochen. Die Stadt war fremd.

Zuletzt ging er durch einen Park bis zu einem Café, wo er allein in einen Kaffee Latte starrte.

IV.

Mal wieder in ein Buch vertieft, das er in einem der vielen hohen Regale seines Vaters gefunden hatte, saß er, leise Musik hörend, an seinem ehemaligen Schreibtisch. Eine kleine Stehlampe lieferte ihm Licht und erhellte die kleine Ecke des Zimmers, das ansonsten still und dunkel dalag. Draußen war es schon finster und der Wecker auf dem Nachttisch zeigte Mitternacht.

Er wurde aus der Geschichte gerissen, als sich auf dem Flur Schritte näherten. Darüber verwundert, weil er geglaubt hatte, seine Familie würde bereits schlafen, ließ Yksin das Lesezeichen ins Buch gleiten und warf einen Blick zur Tür. Die Schritte waren jetzt bei dieser angelangt. Es folgte ein kurzer Moment der Stille, dann klopfte es leise dreimal. Er vermutete, dass es seine Mutter war, das hatte er an der Art der Schritte ausgemacht. Er bat sie herein. Kurze Stille. Es klopfte erneut. Vielleicht hatte sie ihn nicht gehört, er hatte recht leise gesprochen. Mit etwas lauterer Stimme sagte er: „Ja, herein" und wieder blieb die Tür geschlossen. „Yksin", hörte er weich seine Mutter von draußen sagen.

Er kratzte sich seufzend an der Stirn. „Ja, komm doch bitte herein!", rief er.

Es rührte sich nichts. Sein Zimmer lag immer noch nur spärlich erleuchtet da, die Möbel waren nur als Umrisse erkennbar. Es schauderte ihm. Es pochte laut an der Tür. Jede Weichheit war nun verflogen.

„Yksin, mach auf!", rief seine Mutter.

Er schüttelte den Kopf. Was hatte sie denn nur? „Die Tür ist offen, du kannst hereinkommen!", er war aufgestanden und spähte zur Tür herüber. Unbehagen überkam ihn, als sich wieder in Totenstille nichts rührte.

Dann, und diesmal geradezu schreiend: „Yksin, jetzt mach endlich die Tür auf!"

Verwirrt ging er vorsichtig zur Tür, durch die Licht leicht schimmernd aus dem Flur in sein Zimmer fiel, weil in der Mitte des Holzes eine matte Glasscheibe eingefasst war. Als er in den Lichtschein trat, konnte er auf der anderen Seite die Umrisse seiner Mutter sehen, die unmittelbar vor der Tür stehen musste.

„Yksin!", schrie sie auf ein Neues.

Es wurde ihm unheimlich. Er ergriff die Klinke, drückte sie herunter, zog die Tür auf und sah das Dahinterliegende. Er zuckte bei dem sich ihm eröffnenden Anblick zusammen. Direkt vor ihm, es konnte nicht mehr als zwei Hand breit sein, stand seine Mutter, die Augen traten weit aufgerissen aus ihrem Gesicht hervor, am ganzen Leib zitternd und in Schweiß gebadet. Wieder schrie sie seinen Namen, sie wollte ihn packen, er kreischte auf, ihre Nägel schlugen sich in seinen Arm. Er stieß sie von sich, stolperte rückwärts von ihr weg, landete auf dem Boden und suchte das Weite, doch sein Zimmer war eine Sackgasse. Weiter schreiend kam seine Mutter jetzt in sein Zimmer gesprungen. In diesem Moment kam ihm eine Idee. Er erinnerte sich, wie er als Kind ein Baumhaus in die Bäume neben seinem Zimmer gebaut hatte. Damals war sein Plan gewesen, von hier aus direkt die Plattform im Baum betreten zu können, jedoch war er noch zu klein gewesen, den Abgrund zu überwinden. Er musste es versuchen. Schnell war er beim Fenster, riss es auf und kletterte auf die Fensterbank, sah das Holz und musste springen, denn seine Mutter war auch schon beim Fenster angelangt. Sie griff ins Leere als sie versuchte, ihn am Bein zu packen, denn er war schon fort.

Er fand sich, an einem Balken des Baumhauses hängend, wieder. Mit viel Mühe zog er sich hoch und blieb auf dem Holz sitzen. Er warf einen Blick zum Fenster. Grell war der Schein der Lampe im Flur, die er von hier sehen konnte, davor, direkt am Fenster stehend, nur als schwarze Silhouette erkennbar, entdeckte er seine Mutter. Sie stand starr und alles andere als lebendig da. Ihm rann eine Träne die Wange herunter. Da war kein Ausdruck in ihrem Gesicht. Ihre Augen blitzten kurz auf, als sie kehrt machte und das Zimmer stumm verließ. Ihr Schatten verschwand im Flur.

Von Witterung und Zeit war das Holz morsch geworden, sein Versuch, von dem Baumhaus herunterzuklettern, endete anders, als er es sich vorgestellt hatte: Als er sich in Bewegung setzte, knirschte das Holz unter ihm, ein Balken brach, das Gerüst fiel in sich zusammen. In krachendem Lärm stürzte er mitsamt dem Baumhaus auf den Erdboden und schlug mit dem Kopf gegen ein Brett wie ein Knüppel auf eine Trommel. Die Sterne, die er sah, waren nicht echt, denn die Kronen der Bäume verdeckten den Himmel. Das Stechen in seinem Kopf pochte und jede Bewegung war ihm für ein paar Momente unmöglich. Endlich überwand er den Schmerz und taumelte kaum sehend aus dem Garten. Aus der offenstehenden Haustür fiel ein orangener Lichtschein, aus dem sich jetzt ein Schatten löste. Zuerst wollte er weglaufen, da er vermutete, seine Mutter wäre weiter hinter ihm her, zu seinem Glück kam aber sein gutmütiger Stiefbruder helfend zu ihm hinüber, nachdem dieser die wankende Statue Yksins erblickt hatte, und hielt den zitternden Leib fest in seinen schützenden Armen. Auf die Fragen, was er denn so spät draußen gesucht hätte, wusste Yksin keine Antwort, nur leises Stottern kam über seine Lippen. Sein Bruder wollte nicht verstehen, was vorgefallen war. Ganz zuwider den schlimmen Vermutungen und Beschreibungen Yksins über die Mutter, die krächzend den Bruder warnen sollten, zerrte er ihn mit ins Haus. Im Flur des Erdgeschosses angelangt, wollte Yksin allerdings nicht mehr weiter. Der Bruder befahl ihm daraufhin, dort zu warten und erklärte, er würde ihm nun beweisen, dass das alles nur ein Albtraum gewesen war. Im Schein der Lampe blieb Yksin stehen und beobachtete, wie sein Bruder den Flur herab auf die Tür zuwanderte, hinter der er die Gefahr vermutete. Der Bruder drückte die Klinke herunter, stieß die Tür auf, drehte sich zu seinem Zuschauer um, zuckte mit den Achseln und wollte spöttisch die Gefahr verleugnen. Er bemerkte die Gestalt hinter seinem Rücken nicht, die sich aufbaute, ausholte und den zu einem Spieß aus Fleisch, Knochen und Zähnen geformten Arm geradewegs durch die Brust des jungen Menschen stieß. Dies war nicht die Mutter, es war eine andere Erscheinung, ein pures Böse. Der letzte Blick in den Augen seines geliebten Bruders würde sich auf ewig in den Erinnerungen Yksins festbeißen, wie sich ein Raubtier mit seinen spitzen Zähnen in frisches Fleisch beißt. Er machte kehrt und die Verfolgungsjagd begann.

Durch Türen, über lange Flure und gut eingerichtete Zimmer rannte, sprang er, wurde er gehetzt. Die Treppe herauf, nur um über eine andere wieder herab zu fallen. Durch die Luke, die zwischen Esszimmer und Küche für das Durchreichen der Speisen gedacht war, sprang er und schließlich musste er durch ein Loch in der dunklen Holzvertäfelung auf Bodenhöhe kriechen. Er fand sich in einem neuen System aus Gängen und Räumen wieder, alles war hier Zentimeter dick mit Staub überzogen, riesige Spinnweben hingen von alten Balken herab, er musste im Schuppen gelandet sein. Fahl fiel Licht durch Löcher im Dach, hinter ihm raschelte es und ein Schatten bäumte sich auf. Yksin ergriff eine am Boden liegende Latte, von der es herabstaubte und Spinnen sich abseilten, schmetterte dem Monster das Gehölz in die Visage, sodass es die Latte krachend entzwei splitterte; es versank kreischend in der Dunkelheit. Er wollte hinfort, ging denn die Welt unter? Schief ging er weiter, drehte sich zum nächsten Ungetüm, das auf ihn hersprang, rammte ihm das gesplitterte, spitze Holz, das noch in seinen Händen übrig war, in den Leib, ließ es niedersinken, stolperte weiter.

Das wars', er konnte nicht mehr, er war fertig, aber sein eigentlicher Verfolger betrat jetzt erst den Raum. In einem kurzen, lichten Moment sah er wieder das Wesen ohne Haut und Haar auf sich zu stürmen. Eine Tür, nur aus ein paar

Brettern gefertigt, warf er hinter sich zu, schob den rostigen Riegel vor. Schrill schreiend warf es sich von der anderen Seite dagegen, seine scharfen Spieße bohrten sich durch das Holz. Hinter sich in den Boden eingelassen fand Yksin seinen Fluchtweg: Eine Falltür, die er schnell öffnete und die darunterliegenden metallenen Griffe eines Schachts herabkletterte. Über ihm fiel die schwere Klappe krachend wieder zu.

Den Raum, den er jetzt versuchte einzuordnen, hielt er zuerst für den Keller unter seinem Haus, doch bald, als er in völliger Finsternis die kalten Ziegelsteinwände mit den Fingern abtastete, musste er feststellen, dass dies nicht stimmen konnte. Er konnte nicht zurück, also folgte er dem einzigen kleinen Schimmer Licht, den er nach einigen Momenten irgendwo in der Finsternis ausgemacht hatte. Er schwankte in den Tunnel hinein, den er nun als einen des Abwassersystems identifizierte. Fauliger, verwesender, fäkaler Geruch und entferntes Plätschern waren seine Anhaltspunkte.

Er schleifte sich lange so durch den Tunnel. Er fror wegen Kälte und Feuchtigkeit, zitterte vor Schmerz und Tränen. Auf der wilden Jagd waren sein Hemd und seine Hose an einigen Stellen aufgerissen und entblößten nun dort aufgeschürfte Haut und blaue Flecken. Alles das, was geschehen, war nicht möglich zu verarbeiten, die Augen seiner Mutter, seines Bruders, die Figur seines Verfolgers, schwirrten durch sein schmerzendes Hirn.

Das Licht war irgendwann doch nahe und er entdeckte, dass es durch die kleinen Öffnungen in einem Gullydeckel schmal in die Kanalisation fiel, wo eine Kreuzung mehrerer Tunnel befindlich war. Durch einen plätscherte dunkles Abwasser, dessen Gestank ihn dazu zwingen wollte, sich zu übergeben. Flüchtig ergriff er die Metallgriffe, die ihn endlich an die Oberfläche führen sollten.

Die Anstrengung des Kletterns nahm er kaum noch wahr, und so stand er bald auf der Straße neben dem geöffneten Gullydeckel. Seine Arme stemmte er in seine Seiten und sie wurden umfunktioniert als Tragebalken für den oberen Aufbau seines Körpers, der vor Kraftlosigkeit ansonsten die gesamte Konstruktion dazu gebracht hätte, nach vorn umzustürzen. Nun, wo seine Lungen wieder frische Luft zugeliefert bekamen und sein Geruchs- und Geschmackssinn sich wieder normalisieren wollten, mussten diese Organe feststellen, dass die letzten Minuten oder Stunden – das Zeitgefühl war ihm abhandengekommen – allerlei unangenehme, ekelhafte Gerüche mit sich gebracht hatten. Demzufolge behielt Yksin seine Haltung bei und spendete, seinem Brechreiz nachgebend, der Kanalisation auch noch seinen eigenen Mageninhalt, der in dem noch immer geöffneten Gully verschwand und irgendwo in der Tiefe sich platschend zu ähnlichen Massen hinzufügte.

Yksin blieb noch einen Moment so stehen, nach Luft schnappend und zitternd. Dann wagte er es, sich aufzurichten und schöpfte etwas Kraft. Er sah sich um und erblickte eine hübsche junge Dame, die mit offenem Mund auf dem Bürgersteig stand und wohl alles mitangesehen haben musste. Sie merkte, dass er in ihre Richtung schaute, machte peinlich berührt kehrt und suchte schnellstmöglich das Weite. Ihr Schock musste größer gewesen sein als ihr Anstand. Das Klacken ihrer Absätze wurde hallend in der Straße leiser, bis sie um die nächste Ecke bog und verschwand.

V.

Hinter einem grauen Holztresen in einem spärlich belichteten Raum, überspannt von Tonziegelgewölben, saß eine alte Frau. Die ebenfalls aus Holz gefertigte Tür fiel hinter Yksin ins Schloss. Er sah sich um und musterte den Raum, der warm geheizt war und etwas von einer Höhle hatte. Er rieb seine Hände zögernd an seiner Hose, als wollte er sie gelassen in die Taschen stecken, faltete sie dann aber vor seinem Körper unsicher und knetete sie während er hinüber zu dem Tresen ging. Die alte Frau hob den Blick von ihrer Arbeit, was auch immer sie gerade getan hatte, konnte er nicht erkennen, denn es war hinter Holz versteckt. Prüfend schaute sie den jungen Mann über ihre Brillengläser hinweg an. Die Begrüßung fiel zuerst unsicher aus, aber Yksin stellte eine große Freundlichkeit auf Seiten der alten Dame fest, als er ihr bewies, noch genug Gespartes zu haben, um für alle Kosten aufzukommen. Sie hatte auf seine Frage hin noch genau ein Zimmer anzubieten, zeigte es ihm, stellte ihm ein Gebäck als Einzugsgeschenk auf den Esstisch und ließ ihn dann für sich allein. Einen Moment hielt er die Wohnungsschlüssel in seinen Händen und lauschte den verschwindenden Schritten auf dem Flur und der knarrenden Treppe. Es war, als hätte sie auf ihn gewartet und war froh, ihren Tresen endlich verlassen zu können und sich in ihre Wohnung und ihre Geschäfte zu verziehen.

In sonnigen weichen Wiesen versank er, als er sich auf das Bett fallen ließ. Jetzt war er allein, ohne Gefahr, zumindest fürs Erste. Nach Hause würde er vielleicht noch einmal kurz zurückkehren, jedoch fürchtete er sich und wollte lieber sobald wie möglich zurück zu seinem anderen Leben.

Vom letzten Gesparten hatte er sich auch, bevor er die Herberge gefunden hatte, neue Kleidung und etwas zu essen gekauft. Es fühlte sich gut an, wie ein Neuanfang.

Er stieg in das Bett, das nun für ein paar Nächte das seine sein sollte. Noch war die Decke kühl, aber sie war dick und mit Federn gefüllt und wärmte sich schnell auf. Er zog sie bis zum Kinn und ließ einen erleichterten Seufzer los. Er schloss die Augen. Musik begann zu spielen. Er öffnete die Augen. Die Musik brach in einem Verspieler ab. Einen Moment zögerte er, dann schloss er sie wieder. Wenige Sekunden später ertönte wieder das Lied. Er öffnete die Augen. Die Musik spielte weiter. Er sprang auf und fand heraus, dass die Musik aus dem Flur in sein Zimmer gewandert kam. Die letzten Ereignisse hatten ihn verängstigt und so suchte er sich einen Gegenstand, mit dem er sich wehren würde. Die Stehlampe fest in der Hand, öffnete er die Zimmertür.

Am Ende des Flurs befand sich ein Stuhl unter einem Fenster, in das der Mond hineinspähte, als hätte er etwas entdeckt, das auch Yksin nun zu sehen bekam. Auf dem Stuhl saß ein Mann. Dieser schwenkte den Kopf mit geschlossenen Augen mal unkontrolliert, mal rhythmisch zu der Musik. Seine eine Hand schien normal doch seine andere sah gebrochen oder verkrüppelt aus und doch spielte sie, mit hörbar knackenden Gelenken, auf den Tasten eines Instrumentes. Der Mann spielte die Ziehharmonika. Seine Zunge trat aus seinem Mund hervor als er konzentriert Musik erzeugte. Kreidebleich vom Mondenschein zuckten und flogen die von der Natur misslungenen Finger knöchern über die Tasten und Knöpfe. Pfeifend erklang ein volkstümliches Lied, das unter anderen Umständen Freude hervorgerufen hätte, Menschen hätten getanzt, getrunken. Doch da saß er auf dem alten Stuhl und das einzige Licht spendete der Mond silbrig für die von Dunkelheit umgebene Vorführung.

Yksin hielt die Stehlampe zu fest umklammert, was das Herausreißen des Steckers zur Folge hatte, den er bis jetzt in der Steckdose gelassen und so auch eine schwache Lichtquelle in der Dunkelheit gehabt hatte, abgesehen von der Beleuchtung seines Zimmers, die auch einen Lichtschein in den Flur warf. Nun riss der Stecker mit einem klackenden Geräusch heraus und polterte auf den Boden. Das Licht in seinen Händen erlosch und die Augen des Ziehharmonikaspielers öffneten sich. Beide erschreckten sich etwa gleich, aber nach einem winzigen Moment der Starre sprang der Spieler auf und stürzte humpelnd davon und verschwand hinter einer Ecke rechts im Flur.

Mit aufgerissenen Augen glotzte Yksin auf den nun leeren Stuhl im Mondlicht. Er schluckte. Dann ertönte die gebrochene Stimme des Mannes lispelnd von irgendwo im anderen rechten Gang des Flurs, den Yksin von hier nicht sehen konnte.

„Soll ich ein Lied für dich spielen?"

Yksin schluckte seinen Schreck herunter. „Ehm... ja?", er machte einen Schritt den Flur hinunter. „Was kannst du denn spielen?"

„Mein Lieblingslied", erklang es aus der Dunkelheit.

„Was", Yksin ging vorsichtig auf den unter dem Fenster stehenden Stuhl zu, zu dessen beiden Seiten jeweils ein weiterer Flur abzweigte, „ist denn dein Lieblingslied?"

„Es ist ein Tanz", kam die lispelnde, dünne Stimme von rechts, „ein Volkstanz".

Yksin blieb stehen.

„Sie haben ihn auf der Hochzeit meiner Eltern gespielt als ich zwei war... Aber dann haben sie sich geschieden." Die Stimme erlosch.

Yksin fröstelte es.

„Das tut mir leid", sagte er ehrlich. „Möchtest du es trotzdem für mich spielen?", fragte er in die Düsterkeit. Immer noch konnte er nicht viel mehr sehen als das Fenster am Ende des Flurs und links und rechts die Abzweigungen. Von dem Spieler kam keine Antwort mehr. Yksin wollte gerade nochmal fragen, da huschte von rechts nach links ein Schatten unter dem Fenster hinweg und verschwand im linken Flur. Yksin schrak zusammen und griff die Lampe wieder fester. Trotz allem bewegte er sich weiter vorwärts und war bald bei dem Stuhl angelangt. Die beiden Flure, die sich auftaten, waren vollkommen unbeleuchtet, jedoch waren weiter hinten ebenfalls Fenster, durch die schwaches Mondlicht fiel. Von dem Spieler weiterhin keine Spur.

Um seine aufkommende Angst vor der Dunkelheit zu überbrücken, rief er den Gang runter, ob da jemand sei, aber es gab keine Antwort.

Kurz darauf zeichnete sich am Ende des linken Ganges eine Bewegung ab. Die kleinen beschienen Flecken unter den Fenstern im Flur waren das einzige, was Yksin sehen konnte, denn alles andere war vollkommen schwarz. Genau in einem solchen erleuchteten Fleckchen, und zwar in dem hintersten, hatte er eine Gestalt gesehen. Nur kurz war der dünne und gebeugte Körper in unnatürlicher Haltung, ein ausgemergeltes Gesicht, überdeckt von fettig glänzenden schwarzen Haaren, die bis in die Augenhöhlen fielen und ein geknickter Arm, im Mondlicht aufgeblitzt. Gleich danach war es nur noch ein Schatten, der die Sicht auf das erhellte Fleckchen verwehrte, im nächsten Augenblick wurde es vom nächsten Fenster kaum einen Bruchteil einer Sekunde angestrahlt und verschwand wieder im Schatten. Ungleichmäßige Schritte wurden trappelnd und dumpf auf dem Teppichboden hörbar. Der Schatten, der der Spieler sein musste, kam geradewegs auf Yksin zu. Er hechtete mit seinen verkrüppelten Beinen hechelnd durch den letzten Lichtkegel nur noch wenige Meter von Yksin entfernt. Sein röchelnder, vor Spucke triefender Mund wurde kurz in der Nacht hell. Yksin stolperte in Schock und Angst nach hinten, konnte aber die Augen nicht ablassen von dem herannahenden Schrecken. Eben noch hatte Yksin im Mondenschein gestanden, jetzt riss er sich hinten weg, wollte ausweichen oder fliehen und fiel rücklings zu Boden. Aus der Froschperspektive beobachtete er nun den Giganten, der am Stuhl ankam. Nur für einen Moment konnte man dessen krummes Bein aufleuchten sehen, zusammen mit einer entstellten, linken Hand. Doch der Gigant blieb nicht stehen, er wand sich um die Ecke im Flur und rannte den Gang hinunter, aus dem Yksin gekommen war. Dort befand sich auch sein Zimmer. Das Trappeln wurde leiser und verebbte mit dem Zuschlagen einer Tür. Yksin brauchte einen Moment, um aus seiner erschreckten, liegenden Position wieder aufzustehen. Aus seinem jetzigen Blickwinkel konnte er den Flur, in dem sein Zimmer lag, nicht sehen, er spähte aber alsbald um die Ecke in die Dunkelheit. Die Tür seines Zimmers war zu und kein bisschen Licht drang mehr aus ihr in den Gang, bis auf das sachte Schimmern aus dem Spalt unter der Tür. War der Spieler in sein Zimmer gelaufen? Yksin ging die Lampe weiterhin abwehrend vor sich haltend in die Schwärze. Das schwach unter der Tür hervorscheinende Licht blieb sein Ziel. Etwa drei Meter von der Tür entfernt blieb er stehen, als im Inneren des Zimmers die Ziehharmonika zu spielen begann. Er beschloss aber dennoch, das Zimmer zu betreten, da er versuchte, sich seine Angst gegenüber dem Spieler auszureden. Er tastete sich an der Wand entlang zum Türknauf. Die Tapete war rau und kühl, der Türknauf unter seinen Fingern metallisch glatt. Er klopfte an und öffnete die Tür, ohne auf eine Antwort zu warten und schloss sie auch gleich wieder hinter sich.

Der Raum war warm und beschaulich von einer Stehlampe beleuchtet. Auf dem Sessel zwischen dem kleinen Tisch rechts und der Kommode in der Mitte des Raumes saß der Spieler und schwang die Ziehharmonika auf zu tanzenden Klängen. Seine Augen geschlossen, hoben sich seine Augenbrauen gefühlvoll zum wehmütigen Klang einer anderen Zeit. Das Zittern seines Schrecks verstummte langsam, Yksin kam zur Ruhe. Der Spieler spielte, Yksin ging zum Bett und ließ sich auf der weichen Bettkante nieder.

Ausgelassenes Gelächter tanzender Menschen, verliebte Blicke, vergessener Ernst, verschwindend im Glück des Moments. Bilder, die Yksin dabei zu sehen begann.

Es klopfte. Yksin öffnete seine Augen, die er beim Lauschen auf die Musik geschlossen hatte, und sah zur Tür. Er verließ die Bettkante und zog die Zimmertür einen Spalt breit auf. Im Flur stand die alte Frau, der die Pension gehörte, im Schlafrock. Sie sah älter aus, als er sie in Erinnerung hatte.

„Guten Abend, junger Mann, verzeihen Sie bitte die Störung", begann sie.

Yksin wünschte ebenfalls einen guten Abend und öffnete die Tür ganz.

„Ich hörte es poltern und wollte Sie auch bitten, die Musik leiser zu stellen, es ist doch schon etwas spät...", die Frau blickte freundlich lächelnd, aber bestimmt zu ihrem Gast.

„Oh, ja, die Musik" – komme nicht von ihm, wollte er schon sagen, da warf er einen flüchtigen Blick hinter sich ins Zimmer, blieb aber an dem leeren Sessel, der angeschalteten Stehlampe, die neben der Kommode auf dem Boden lag, und an dem laufenden Schallplattenspieler auf der selben Kommode, hängen – „ich werde sie leiser machen." Er versuchte, der Frau ein Lächeln zu schenken.

„Dankeschön", die Frau schüttelte dem Verwirrten die Hand, „guten Abend!" und verschwand.

Yksin schloss die Tür. Er richtete die Stehlampe wieder auf, stoppte den Schallplattenspieler, entdeckte über der Kommode ein kleines Bild in Holzrahmen. Es zeigte einen auf einem Holzstuhl etwas schief sitzenden, schief lächelnden Mann, der die Ziehharmonika mit seinen krummgewachsenen Fingern spielte. Hinter dessen mit schwarzen Haaren bewachsenen Haupt konnte man die Leiterin der Pension in jüngeren Jahren sehen, wie sie freudig Beifall klatschte. Yksin nahm das Bild von der Wand und starrte es an. *Soll ich ein Lied für dich spielen?* erklang es wieder in seiner Erinnerung. Er ließ das Bild auf die Kommode niedersinken und sprang heraus auf den Flur.

Von seichtem Mondlicht überzogen stand dort am Ende des Gangs ein alter Holzstuhl.

VI.

Durch die Straßen lief er, nur er und seine Gedanken. Autos zogen an ihm vorbei, Menschen, Gesichter, die seine Wahrnehmung kurz streiften, Fassaden neben Fassaden, hinter denen er nicht wusste, was sich verbarg, in den Schatten der Rollläden und Fensterläden, den verschlossenen Türen, in den kühlen Hinterhöfen, in Kellergewölben. Alles war wie taub, die Menschen waren stumm und doch brabbelten sie beredsam miteinander, um sich Bedeutung zu schenken. Fetzen der Worte, Motorengeräusche und anderer Laute drangen immer wieder an seine Ohren, trafen aber nicht auf Beachtung. Bis er merkte, dass da noch jemand anderes war. Bisher hatte Yksin seinen Blick oft am Boden gehalten, doch er bemerkte die Schritte eines anderen Menschen, der aber den gleichen Rhythmus verfolgte, wie er selbst. Dort drüben auf der anderen Straßenseite, in weißen gebügelten Hosen, ging er. Yksin beschleunigte seinen Schritt, um den Mann abzuschütteln. Der Mann tat es ihm gleich, als wäre seine Bewegung an die Yksins gebunden. Verunsichert verlangsamte er sich ein wenig und warf wieder einen Blick auf die andere Seite, wo der junge Mann in heller Kleidung nun auch langsamer wurde und immer noch auf selber Höhe wie Yksin blieb. Yksin schaute jetzt auffälliger zu ihm herüber mit fragender Miene. Das Gesicht unter dem weißen Hut konnte er nicht so gut erkennen, doch es kam ihm bekannt vor. Der Mann drehte den Kopf und sah Yksin geradewegs in die Augen. Dieser zuckte zusammen, richtete den Blick wieder nach vorn und wurde schneller. Er bog um eine Häuserecke und gelangte an eine Ampel. Aggressiv drückte er den Knopf, auf dass sein Signal grün werden würde. Er konnte sich nicht umdrehen, das wäre zu auffällig. Es ward grün und er warf einen unauffälligen Blick nach hinten. Der Mann hatte eine gewisse Strecke aufzuholen, doch Yksin erspähte ihn mit seinem Hut, wie er gerade die Straße zu seiner Seite überquerte. In großen Schritten nutzte er die nicht langanhaltende grüne Phase der Fußgängerampel aus. Es kribbelte in seinem Rücken, als wäre der Mann schon direkt hinter ihm, seine Waden verkrampften sich bei den großen Schritten, die er tat. Endlich war er auf der anderen Seite der Straße angekommen und schaute kurz zurück, sah niemanden, schaute länger. Der Mann in weißer Kleidung und Hut war verschwunden. Eine ältere Dame warf ihm im Vorbeigehen einen prüfenden Blick zu, als würde sie ihn für irre halten.

Später am Tag, Yksin hatte sich seine Zeit in der Stadt vertrieben, hatte die unangenehme Begegnung des Vormittags schon fast vergessen, da entdeckte er in einer sehr belebten Straße den weißen Anzug wieder. Der weiße Hut stach aus der Menge heraus wie ein schwarzes Schaf aus der weißen Herde. Diesmal kam der Mann aber nicht in seine Richtung, sondern bewegte sich von ihm weg. Warum genau er das Folgende tat, wusste er nicht, es war wie ein Drang, er wollte Genugtuung. Yksin ging über einen Zebrastreifen und folgte dem Unbekannten. Das Gefühl, den Spieß herumzudrehen, gefiel ihm. Er fixierte seinen Blick auf das weiß und wandelte durch die Menschenmenge, wurde zum Verfolger, tarnte sich leichtfüßig als wäre er auf der Jagd. Sein Ziel drehte sich auf seinem ganzen Weg durch die großen langen Straßen nicht einmal um, ging immer geradewegs, wie ferngesteuert und in gleichem Tempo. Auf einem großen Platz führte den Jäger und den Gejagten der Weg in eine andere Straße und bald kam der Ort in Sicht, zu dem der weiße Mann unterwegs war. Ein vielstöckiges Gebäude aus Glas, Metall und Beton türmte sich weit in den Himmel und spiegelte diesen und die Stadt in seinen Fenstern. Durch einen modernen Eingang traten die beiden Männer hintereinander ein. Vor Yksin lag nun eine riesige Eingangshalle mit Rezeption und einigen beschäftigten Menschen, die ihm und dem weißen Mann nicht viel Aufmerksamkeit schenkten, bis auf die Frau an der Rezeption, die dem Mann in weiß kurz zunickte, als sie ihn sah. Am anderen Ende der Halle befanden sich die Aufzüge, auf die der Mann nun zusteuerte. Yksin wurde langsamer, er konnte nicht mit dem Mann in ein und denselben Aufzug steigen. Bevor dieser den Lift betrat und sich darin umdrehen konnte und so einen Blick auf seinen Verfolger erhaschen könnte, drehte sich Yksin zu einem Stand mit Flyern und Infoblättern und tat sehr beschäftigt. Jedoch verlor er sein Ziel aus den Augen und musste feststellen, dass er seine Chance verpasst zu haben schien.

„Sind Sie auch hier wegen der Lesung?"

Yksin zuckte leicht zusammen. Neben ihm stand ein junger Herr in blauem Sakko, schwarz berandeter Brille und Dreitagebart.

„Ich bin sehr gespannt darauf, wissen Sie, ich bin Journalist. Er ist ein wahrer Meister. Schreiben Sie auch?"

Yksin stockte kurz, gab sich dann aber einen Ruck und räusperte sich: „Ja, ich meine, zu beidem eigentlich", er lächelte verlegen und fuhr fort: „Ich habe von der Lesung gehört und kann es gar nicht abwarten. Ich habe mir nur nicht gemerkt, in welchem Raum das Ganze nochmal stattfindet...", er kratzte sich an der Stirn.

Übermotiviert gab sein neuer Gesprächspartner sofort Antwort: „Ja, es ist im letzten Stock, mit Ausblick auf die Stadt. Wahnsinn, oder? Möchten Sie gleich mitkommen, ich kann Ihnen zeigen, wo es ist."

Das war seine Fahrkarte. Yksin willigte freundlich ein und eine kaum beachtenswerte Konversation entstand, während die beiden in einen Aufzug stiegen und bis ganz hinauf in den letzten Stock des Hochhauses fuhren. Mit steigender Stockwerkzahl stieg auch der Puls Yksins. Er hatte keinen Schimmer davon, was das für eine Lesung sein konnte, er stand mit einem wildfremden Menschen in einem wildfremden Aufzug in irgendeinem Hochhaus der Stadt.

Ein unscheinbarer Gong ertönte und der Aufzug blieb stehen. Die metallenen Flügel der Tür öffneten sich synchron und gaben den Blick auf einen glatten Boden frei, auf dem sich der Himmel widerspiegelte. Menschen in guter Kleidung standen in kleinen Grüppchen beisammen, oder gingen umher. Dahinter ermöglichte eine sich nach links und rechts erstreckende Glasfront einen Panorama-Ausblick auf die gesamte Umgebung. Beim Verlassen des Aufzuges erklärte der Journalist, dass die Lesung links in einer großen Räumlichkeit stattfinden würde und dass später die Menschen ihren Weg nach rechts fortsetzen würden, wo sie eine große Dachterrasse und gute Getränke erwartete. Dann verabschiedete er sich mit der Entschuldigung, er müsse jetzt einige Dinge erledigen. Die beiden gaben sich flüchtig die Hand, dann war Yksin wieder allein. Er blickte an sich herab. Jeder in diesem Raum trug teure Kleidung und Accessoires, er hingegen trug einfache Hosen und ein billiges Hemd. Er fühlte sich einigermaßen unwohl in seiner Haut, begann sich aber weiter umzusehen und den Weg zum Lesungsraum zu erkunden. Immer wieder wurde er abschätzig von umstehenden Leuten gemustert, dann ging er schnell weiter. Während er so daher schlenderte, entdeckte er auf der Wand zu seiner Linken ein Plakat. Darauf geschrieben, in weißen Buchstaben auf dunklem Grund, las er: „Der weiße Poet". Übertrieben dramatisch sah man in dunkler Umgebung die Umrisse des Mannes in Anzug und Hut. Sein Gesicht war nicht zu erkennen. Am unteren Plakatrand waren ein Datum, der Ort und einige Mitwirkende in kleinerer Schrift angegeben.

Ein Sektglas wurde nach Aufmerksamkeit schreiend angeschlagen. Die Menschen drehten sich um und bewegten sich in den Lesungsraum. Yksin folgte unauffällig und blieb in der letzten Reihe stehen, dann begann die Einleitungsrede eines ihm unbekannten, aber bestimmt sehr wichtigen Menschen. Als dies endlich vorüber war, trat der weiße Poet ans Pult. Das Licht im Raum wurde verdunkelt, an der Wand hinter dem Mann wurden Bilder angestrahlt. Da waren Bilder von Menschen, von Natur und von Mauern. Der weiße Poet zog die Anwesenden in seinen Bann, Yksin stand skeptisch da und beobachtete das Geschehen. Da war ein Bild, das die Mauern von Festungen zeigte, die auf schroffen Felsen zwischen hohen Gebäuden einer modernen Stadt standen – zwei Welten, die sich so nahe und doch irgendwie voneinander getrennt waren. Der weiße Poet schwang seine Worte, die Bilder wechselten.

Irgendwann war die Lesung vorüber, Yksin war sich unsicher, wie lange es gedauert hatte. Er beobachtete weiterhin die Menschen, die voller Sehnsucht zu dem Poeten aufschauten, der sich für die Aufmerksamkeit bedankte und die Gäste auf die Terrasse bat, um zu speisen und zu trinken. Die Menschen zogen hinaus auf den Vorbau, um sich zu vergnügen. Yksin blieb noch etwas länger und sah vom anderen Ende des Raumes dem Poeten zu, wie er mit anderen Gästen sprach. Von einem Gespräch wechselte er ins andere, jeder wollte einmal zu Wort kommen. Immer wieder deutete er dann irgendwann freundlich in Richtung Terrasse, wo die restlichen Anwesenden bereits aßen und tranken. Die Leute in dem Raum wurden so mit der Zeit immer weniger, wie ein Schwarm Vögel, die nach und nach sich von ihrem Baum erhoben und davonflogen, um auf dem nächsten zu rasten. Andauernd versuchte Yksin herauszufinden, was die Leute an dem Poeten fanden, aber immer, wenn er glaubte, etwas gefunden zu haben, verleugnete er sich selbst. Irgendwann kam es zu einem Moment, in dem der Poet gerade jemanden verabschiedete und den Blick von dem Herrn, der eben noch vor ihm gestanden hatte, abfallen ließ und plötzlich direkt Yksin ins Gesicht sah, so wie er es am Vormittag in der Stadt getan hatte. Yksin bekam Gänsehaut, als er nicht mehr anders konnte, als zuzugeben, dass es wahrhaftig sein eigenes Gesicht war, in das er, wie als hätte ihm jemand einen Spiegel vorgehalten, blickte. Er erstarrte für einen Augenblick, indem er wieder an die Konversation mit seinem Freund Mick denken musste, dann suchte er so schnell wie möglich das Weite.

Den Hunger, den er zuvor verspürt und geplant hatte, am Buffet zu stillen, verging ihm augenblicklich, das einzige, woran er gerade noch denken konnte, war, diesen Ort zu verlassen. In großen Schritten begab er sich zum Aufzug, hämmerte auf die Knöpfe, stieg ein und betete, die Tür möge sich schneller schließen.

Die Aussicht auf den Himmel wurde von den zwei glänzenden Metalltüren synchron verkleinert, bis die Türen geschlossen waren und Yksin sich wieder in Richtung Erdboden sinken spürte.

VII.

Mit goldenem, wallendem Haar flog sie dahin, überquerte den aschgrau geschotterten Platz vor dem villagleichen Anwesen. Links und rechts führten geschwungene Treppen mögliche Besucher und Bewohner zu einem zweiflügeligen, kantigen Portal aus dunklem Holz, in dem sie jetzt, über die linke Treppe kommend, verschwand. Vor diesem Treppenaufgang schmückte mittig ein tiefrot blühender, kräftig im Laub stehender Hibiskus die weißen Wände und Geländer.

Die Sehnsucht packte ihn, als er sah, dass sie noch so jung schien wie damals, als er sie das letzte Mal gesehen hatte. Seine Gedanken führten ihn zurück zu den Momenten, da sie sich in die Augen gesehen hatten, dieses himmelgleiche blau eines anbrechenden Tages, das in den ihrigen geschimmert hatte und ihn forttragen wollte in die Unendlichkeit. Wie sie dann lächelte, ihr Lachen und ihre weiche Stimme erklang wieder in seinen Ohren, wie die himmlischsten Melodien eines Engelchors.

Wie versteinert musste er dagestanden haben, eine ganze Weile. Sie konnte ihn nicht gesehen haben, aber jetzt, in unermesslicher Vorfreude, löste er sein Stillstehen und schritt über den Kies zur Villa hinüber. An der rechten Hausecke stieg ein vom Fundament angebauter Erker bis ganz hinauf zum orangenen Dach und bot eine schöne Fensterfront. Das gesamte Anwesen war in reinem weiß gestrichen und hob sich übernatürlich von den grünen Büschen und Bäumen der Umgebung ab. Er nahm all diese Elemente in sich auf, auch das Knirschen des Kieses unter jedem seiner Schritte, das Tappen seiner Schuhe auf den hellen Stufen der Treppe und schlussendlich den Anblick der Tür, die durch kleine dicke

Glasfenster durchspähbar nun vor ihm lag. Wie von unsichtbarer Kraft gelenkt hob sich seine Hand und das Klopfen auf dem glatt polierten Holz wurde laut. Für einen Moment lang war ihm, als würde der Boden beben, so schwer fiel es, still zu stehen und seine Finger vom Zittern abzuhalten. Doch dann näherte sich im Hausflur eine Person und das einzige, was er jetzt noch wahrnehmen konnte, war sein Herz, das in seiner Brust so heftig schlug, wie die größte Pauke, die man sich hätte vorstellen können. Hinter dem Glas wurde die Figur eines Menschen sichtbar, im Flur blieb es aber recht dunkel und er konnte nur ausmachen, dass es sich nicht um Agnes handeln konnte, sondern wohl eher ihre Mutter. Die Tür wurde einen Spalt breit geöffnet und offenbarte ihm das Gesicht einer älteren Dame mit Falten im Gesicht, grauen Haaren zu einem Zopf zusammengebunden und bei weiterem Öffnen der Tür sichtbar werdender, mit grünen Stickereien verzierter Schürze. Offensichtlich stand vor ihm nicht die Mutter, nein, sie musste die Aushilfe sein, die ihn, so hoffte er, noch kennen sollte. Nach einem kurzen Augenblick der Stille und einer ernsten Miene ihrerseits, klarte es ihr auf und ihr altes Gesicht spiegelte die Freude wider, die auch für die Falten in ihrer Haut verantwortlich sein musste.

„Mein lieber Junge, komm doch herein, dich habe ich ja schon eine Ewigkeit nicht gesehen!", ihre Stimme klang wie damals, wie das Spiel auf einer zittrigen Geige, aber versehen mit einer unumstößlichen Heiterkeit. Sie stieß nun die Tür vollends auf und bat ihn mit einer einladenden Bewegung einzutreten. Sie gab ihm ein Zeichen, dann rief sie das Treppenhaus herauf: „Agnes, Besuch!"

Kurz darauf kamen polternde Schritte die Treppe herabgestürmt.

Die nächsten Momente brannten sich in sein Gedächtnis wie ein Eisen in die Haut eines jungen Pferdes.

Zuerst sah er auf der Treppe nur die mit grauen Socken versehenen, zierlichen Füße der herannahenden Person, dann die schlanken Beine, in einer schwarzen Hose steckend, dann einen dünnen Pullover, so grau wie der Kies vor dem Haus, einen weiblichen Oberkörper verschleiernd, dann die Haare...

Sie blieb ein paar Stufen oberhalb des Treppenabsatzes abrupt stehen, als hätte sie soeben geradewegs in das Antlitz der Medusa geschaut. Ihr Mund öffnete sich, doch kein Laut trat aus ihm hervor, sie schlug ihre Hand vor denselben und Tränen stiegen in ihre wasserblauen Augen. Sie fiel die letzten Stufen herunter geradezu in seine Arme, laut schluchzend spürte er ihren Körper erzittern, stand aber da, wie das Skelett eines sterbenden Baumes.

„Wo warst du? Wo wa-...", ihre Stimme erstickte in Schluchzen.

Er war aber ganz starr geworden, alles war plötzlich taub.

„Was ist denn mit deinen Haaren?", war das einzige, was er herausbrachte. Alles in seinem Gehirn fühlte sich an, wie ausradiert, pure Leere erfüllte ihn, was sie gesagt, war nicht bis zu ihm vorgedrungen. Er starrte bloß auf die blutrot gefärbten Haare, die regelmäßig gelockt und matt, aber zumindest so voll wie damals ihre Schultern überfluteten.

„Was?", brachte sie heraus und lockerte die Umarmung. Ihre Augen suchten voller Verstörung und Verwirrung, Angst und Trauer die seinen, doch fanden sie nicht. Jetzt berührte er die Haarspitzen, alles Gold war verflogen, kein Glanz, kein Leben mehr zu finden.

„Was ist passiert?", kam es kaum hörbar über seine Lippen. Er riss seinen Blick davon los und schaute ihr nun endlich in die von Tränen erröteten und geschwollenen Augen.

„Was ist passiert?", ihre Stimme überschlug sich und brach schließlich voll und ganz ab. Sie stolperte rückwärts gegen das Treppengeländer, an dem sie Halt suchte. Er stand kerzengerade da, den Mund vor Verwirrung leicht geöffnet; ohne dass er es wahrnahm rollten auch aus seinen Augen stumme Tränen. In der nächsten Sekunde fand er ihre Hand auf seiner Wange wieder. Der Schlag hallte durch das ganze Haus und durch jeden seiner Knochen. Er taumelte zurück, warf die Tür ungewollt ins Schloss und landete unsanft auf dem Boden. Der Schein des Tageslichtes wurde ersetzt durch graue Schatten. Ein einziges, hohes, langes, lautes Geräusch blieb in seinen Ohren übrig, während er Agnes in sich zusammenfallen sah.

Die Aushilfe, die alles schockiert beobachtet hatte, stürzte zu Agnes, um ihr zu helfen. Diese wies sie jedoch von sich und befahl stotternd und mit Hilfe vieler Handzeichen, sofort zu verschwinden. Die Dame wich ängstlich zurück.

Das erbitterte Weinen seines geliebten Mädchens drang zu ihm hervor, noch war ihm aber zu schwindelig, um richtig reagieren zu können. Er krabbelte zu ihr herüber, fand sie das Gesicht hinter beiden Händen versteckt auf dem Treppenabsatz sitzend wieder.

„Du – du hast mir alles genommen!", wimmerte sie.

Er war nun bei ihr angelangt und schaute zu ihr auf, sein Blick blieb kurz an den dunkelroten Haaren hängen, heftete sich dann aber auf ihre Hände, die bebend ihr Gesicht bedeckten. Er hob die seine, wollte sie an der Schulter streicheln, doch sie zuckte zurück und gab ihr Gesicht frei.

„Schau mich an! Was aus mir geworden ist? Erinnerst du dich denn nicht?", ihre Stimme war gebrochen, kraftlos.

„Du warst mein Sonnenlicht, mein Engel in der Nacht!", flüsterte er.

Sie ließ ihn ihre Wange berühren, während die beiden verzweifelten Augenpaare sich trafen. Ihre Haut war so weich wie Seide und so weiß wie Kreide.

„Aber Agnes, du bist ja ganz kalt!"

In einem weiteren Tränenausbruch kauerte sie sich zusammen und versteckte sich. Erst war er sich nicht ganz sicher gewesen, ob sie wirklich etwas gesagt hatte, aber dann vernahm er ihre Stimme, die von kaum hörbar bis schreiend anstieg: „Verschwinde – verschwinde und komm nie wieder! Raus!", sie war aufgesprungen und stieß ihn von sich.

Er riss die Tür auf und in einem letzten, flehenden, verwirrten Blick sah er ihr nunmehr entstelltes Gesicht.

Er rannte die Stufen herab, über die er gekommen, über den Platz voller Kies, blieb erst an der Einfahrt stehen und blickte zurück. Zwischen den Kieseln wucherte Unkraut, der Hibiskus war verblüht und litt an einem Pilz, die weiße Farbe blätterte von dem Geländer ab, das die verwitterte Treppe bis hinauf zum rissigen, gräulichen Holztor begleitete, der Regen hatte die Wände von ihrem weiß befreit und es durch eine heruntergekommene Fassade ersetzt. Vom Dach hingen dicke Ballen Moos und Gräser herab, Schmutz war von Löchern in den Regenrinnen über die Wände gespült worden und zierte diese in grünlich-schwarzen Streifen. Die Fenster glichen Höhlen in einer dunklen Felswand, die Scheiben waren von Algen undurchsichtig geworden. Ein rauer Wind zerzauste kalt seine Haare, er erahnte des Windes Heulen in der Ferne. Trockenes Laub trug der Sturm mit sich, die Bäume bogen sich ängstlich gen Boden.

Verzweifelt beobachtete er dieses Spiel. Die Einfahrt wurde gesäumt von kleinen Buchsbäumen in Tontöpfen. Er sah laut raschelnd etwas an einem der Büsche entlangstreifen, als wäre es mit seinen Beinen darum herumgestrichen. Zähe Angst packte ihn und wollte das Fortkommen behindern. Es flüsterte jemand zu ihm, „es ist wieder da", wild hastete er davon, raste durch die Straßen, Tränen verwehrten ihm die Sicht, doch er machte nicht halt, denn er wusste, es war wieder hinter ihm her.

Irgendwann gelangte er zu einem größeren, von Menschen belebten Platz, doch als er keuchend und von dem Brennen und Stechen in seinen Lungen am Weiterlaufen gehindert wurde und einen Moment stehen blieb, wischte er seine Augen frei. Er blickte hilfesuchend zu den umherwandelnden Gestalten. Da war ein Mann mit Hut, der auf dem Bürgersteig geschäftig seinen Weg ging. Plötzlich drehte er mechanisch seinen Kopf zu ihm und Yksin erkannte, dass er auch sein Gesicht trug. Der Mann blieb stehen und begann in seine Richtung zu kommen. Yksin wollte fliehen, kreischend rannte er in die andere Richtung, doch da war noch ein Yksin, und dahinter noch einer, dort trüben auf dem Bürgersteig noch einer. Jetzt schauten sie her, kamen alle auf ihn zu.

VIII.

Yksin rannte nur, um zu rennen, weil es ihm das Gefühl gab, fliehen zu können. Doch dies war eine Illusion, denn sein Gesicht war überall. Alle Menschen um ihn herum, die vorher noch ihrem Alltag nachgegangen und dafür über den großen Platz gewandelt waren, der umgeben von hohen Altbaufassaden und neogotischen Fenstern und Türmchen inmitten der Stadt lag, verlangsamten nun ihre Schritte, drehten die Köpfe und fanden den jungen Mann in die Mitte des Platzes laufend. Doch all diese Menschen hatten nur ein Gesicht. Sie beobachteten Yksin und wussten nur noch eine Richtung, in die sie gehen wollten. Sie machten kehrt und folgten ihm in die Mitte des Platzes, starrten unentwegt ihrem Ziel entgegen.

In seinem Kopf pochte sein Puls, kochte das Gehirn, Schweiß bildete sich auf seiner Stirn, Rauschen wurde in seinen Ohren laut. War es das Rauschen des Meeres? Für einen Moment konnte er kalte Gischt durch den Wind fliegen sehen, salziges Meerwasser kühlte sein Gemüt.

Da war noch mehr, er blieb stehen mit aufgerissenen Augen und versuchte, die Geräuschkulisse zu verstehen, schaute auf den Boden und hob dann den Kopf. Umzingelt war er, gefangen in einem Kreis. Hunderte seiner Gesichter starrten ihn an. Kalt, trocken, stumm. Hinter den Häusern zog ein Sturm auf. Yksin wirbelte um seine eigene Achse, doch fliehen konnte er jetzt nicht mehr, der Kreis hatte sich geschlossen. Die Sturmwolken zogen näher. Eine grauschwarze, wabernde Wand aus Rauch umgab die Stadt, bald die Häuser, bald den Platz. Und schon sah er den Brand. Flammen sprangen in die Rauchschwaden hinauf, leuchteten sie orange und rot an. Wie tausend Sturmfluten gegen schwarze Felswände brechend, wie tausend Trommelwirbel donnernd, dröhnte der Feuersturm in seinen Ohren. Da waren tausend Fanfaren, tausende Schreie, in Flammen zerreißender Stimmen der Sterbenden. Es war der Orkan des Teufels, die Stimme der Hölle.

Das Feuer brannte alles nieder, von den Wänden der fallenden Stadt hallte es wider. Die Fassaden zerbrachen, stürzten in sich zusammen, machten der schwarzen Front Platz. Das letzte was blieb waren die Menschen, dastehend und schaudernd schauend. Er wurde langsam schwach, vor Verzweiflung schwer atmend, die Arme hingen ihm schlaff von den Schultern, drehte er sich immer noch, um die Menschen, die ihn mit seinem Gesicht anstarrten, nicht aus den Augen zu verlieren. Sein Atem ging schwer, jedes Luftholen war mehr und mehr ein Ringen nach Luft, erschwert durch den Kloß in seinem Hals. Und dann sah er ihn, unter den anderen gleichen Gesichtern stehend. In weißem Anzug und weißem Hut stand er da und ihre Blicke trafen sich. Yksin schnappte nach Luft. Nun trat der weiße Poet aus den Reihen hervor, kam starr schreitend herüber. Sein Gesicht war emotionslos, sein Gang geräuschlos.

Jetzt standen sich die beiden direkt gegenüber. Angesicht zu Angesicht, Ebenbild zu Ebenbild. Yksin stockte der Atem. Der weiße Poet hob die Hand und in seinem Antlitz regte sich etwas, das aussah wie ein mitleidiges Lächeln. Seine Hand berührte nun die Wange des anderen. Endlich fand er den Atem wieder. Die letzten Menschen ringsherum wurden vom Feuer erfasst, ohne eine Regung ihrer Mienen zerrissen sie zu Asche und Flammen, die letzten Schreie verstummten, die schwarze Wand hatte alles verschluckt.

Er schaute sich selbst in die Augen. Der weiße Poet nahm nun mit der anderen Hand den Hut ab und überließ ihn dem Sturm. Seine Haare zerzausten im Wind, das Lächeln blieb. Er zog den jungen Mann an sich heran, verschwand in einer Umarmung, die sich anfühlte wie ein kühler Luftstoß. Yksin schloss die Augen, atmete tief aus.

Totenstille. Absolute Schwärze, Dunkelheit. Nichts.

IX.

Irgendwo fand sich ein Licht, so wie er sich selbst kniend wiederfand. Er öffnete die Augen und erhob sich. Hellen Gemüts in den Himmel schauend, betrachtete er aus weichen Wolken fallende Schneeflocken. Er breitete seine Hände aus, um welche zu fangen. Eine fiel in seine geöffnete Handfläche. Die Schneeflocke, die in der Tat ein Stück Asche war, fiel aber einfach durch seine Hand hindurch. Er stand da, wunderte sich, schaute um sich, sah sich zusammengesunken auf einer von Asche weiß verschneiten Fläche knien. Seine Augen waren geschlossen, Haut, Haupt- und Haar bedeckt mit einer dünnen Schicht Asche. Der Platz ringsherum war ebenso weiß und hellgrau überzogen und durchzogen von dunkleren Schleiern. Die weitere Kulisse bildeten zusammengestürzte Gebäude, deren Skelette in völliger Stille ausharrten. Entsetzt versuchte er zu verstehen, was geschehen war. Er beugte sich zu seinem Körper herunter, der weiterhin wie eine Statue kniete. Er wollte sich aufwecken, doch konnte nichts berühren. Die geschlossenen Augen erschienen ihm wie Höhleneingänge, jedoch für immer nach einem heftigen Erdbeben verschlossen und versiegelt. Er stand wieder auf und betrachtete weiter seine Umgebung. Endlich verstand er, wo der Körper kniete. Vor sich fand er in den Boden gegraben ein rechteckiges Loch. Er wagte einen Blick über den Rand in das Innere. Seine Augen weiteten sich und sein Mund öffnete sich vor Entsetzen, als er feststellte, dass das Loch ein Grab war und in dem Grab lag in einem geöffneten Sarg Agnes. Ihr goldenes Haar war immer noch blutrot gefärbt. In ein wunderschönes weißes Kleid gebettet, die Hände vor dem Körper verschränkt und mit Rosenblüten überstreut lag sie da.

„Nein!", entwich es ihm. Er rief ihren Namen, doch blieb ohne Antwort. Er schrie, kniete auch vor dem Grab, krallte seine Hände in Asche und Erde, weinte erbitterte Tränen und sank schließlich auch in sich zusammen.

Er riss die Augen auf. Wie von unsichtbarer Kraft geführt sprang er auf und lief los, rannte durch die Straßen den ganzen Weg zurück, bog in die Gasse ein, aus der er gekommen war. Er fand das Haus von Agnes wieder. Das Dach war abgebrannt, ihr Anwesen war kaum mehr als eine Ruine. Büsche und Bäume, sogar der Hibiskus waren niedergebrannt und hatten nur ihre verkohlten Skelette übriggelassen. Nur der Hibiskus hatte eine einzige seiner roten Blüten nicht verloren, die, als er über den mit Asche bedeckten Kiesplatz gelaufen kam, von einem Windstoß herabgeweht wurde und zu Boden fiel. Er sah vor der Haustüre auf dem Treppenabsatz etwas liegen. Er sprang die Stufen empor, über die tiefrot das Blut herabtropfte – das Blut seiner Geliebten. Dort vor dem Portal lag sie tot. Ihr Schädel war aufgeplatzt und das rote Haar vermischte sich mit dem anderen rot, das weiße Gesichtchen lag in ihrem eigenen Blut. Ihre wundervollen Augen waren geschlossen, als würde sie schlafen. Sie trug das Kleidchen, das sie auch in seiner Erinnerung getragen hatte, als sie sich das letzte Mal gesehen hatten, blütenweiß und mit ebenso hellen Stickereien versehen. Sie hatte sich aus dem Fenster im obersten Stockwerk gestürzt.

Vergebens tätschelte er ihre Wange, schüttelte ihre Schultern, flehte, sie möge aufwachen, sie möge nicht tot sein.

Er hatte nicht anders können, es war, als hätte er die Gedanken Agnes' gehört und war dieser inneren Stimme gefolgt, auch wenn dies bedeutete, ein letztes Mal zu dem Platz zurückzugehen. Durch die Straßen und Gassen war er geflogen, nur um wieder auf den Platz herauszutreten. Der Ascheregen ließ weiterhin kleine Flocken langsam zu Boden sinken und verwandelte alles in eine stille Landschaft. Wie in der Mitte eines Kraters entdeckte er seinen Körper weiterhin kniend, doch diesmal nicht allein. Als er sich über die Fläche näherte, kam er sich vor, wie in einer Arena, nur war der Sand ausgetauscht durch Asche und die Zuschauertribünen durch Ruinen. Ihm den Rücken zukehrend stand die Person da, die er aber ohne nachdenken zu müssen als seine geliebte Agnes identifizieren konnte. Golden fiel ihr Haar über ihre Schultern, das rot war für immer vergessen, das weiße Kleid erinnerte sich der Vergangenheit. Sie musste auf den Boden schauen, denn ihr Haupt war leicht geneigt. Sie schaute sich nicht nach ihm um, als er an seiner knienden Figur vorbeigehend zu ihr herantrat. Jetzt verstand er, worüber sie trauerte, denn sie stand vor dem Grabe, dass nun verschlossen und still in die Asche eingelassen war und an dessen Ende ein Kreuz aus grauem Gestein aufgestellt war. Er trat neben sie hin und starrte wie sie es tat auf das Grab und den Stein. Die letzte Hibiskusblüte lag jetzt mittig auf dem Hügel, rot auf weiß. Es war unwichtig, wie lange die beiden so dastanden, einfach schauend, still in Erinnerungen versunken. Irgendwann schließlich drehte sie sich zu ihm und sah ihm in die Augen. Mit einem leichten Lächeln fielen sie sich in die Arme. Wieder verharrten sie so eine Weile, dann hob er den Kopf und wollte noch einmal auf das Grab schauen, doch es war verschwunden und durch glatte Asche ersetzt.

Stattdessen trat aus dem Schatten einer dunklen Hauswand er, der weiße Poet selbst, hervor, blieb in sicherer Entfernung stehen und starrte herüber, direkt in seine Augen. Das Gesicht war kalt, reglos, einfach nur schauend und doch kam es ihm so vor, als hätte es etwas Fragendes, Bittendes an sich.

Doch Yksin schmiegte sich wieder an seine Liebe, um nur noch ihre Wärme zu spüren, ihren Herzschlag zu hören.

Schließlich schloss er die Augen und schlief.